Analyse de l'œuvre

Par Sandrine Guihéneuf
et Florence Balthasar

Harry Potter et la Coupe de feu

de J. K. Rowling

lePetitLittéraire.fr

Rendez-vous sur lepetitlitteraire.fr et découvrez :

Plus de 1200 analyses
Claires et synthétiques
Téléchargeables en 30 secondes
À imprimer chez soi

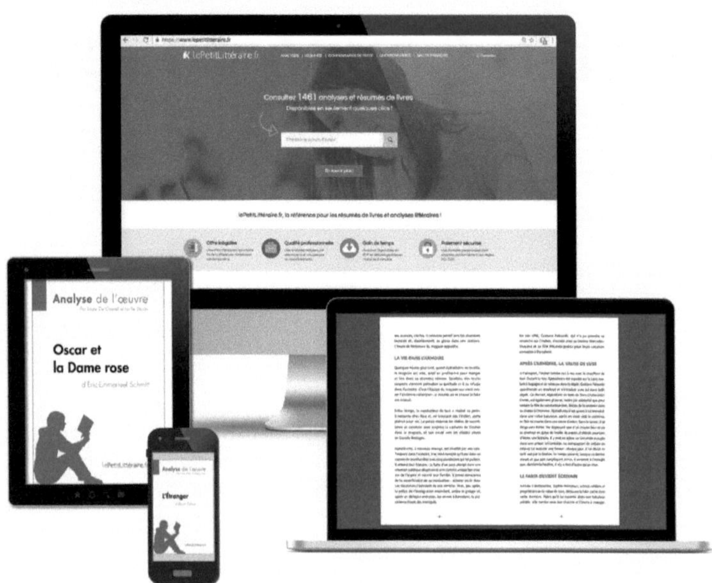

J. K. ROWLING

ROMANCIÈRE ANGLAISE

- **Née en 1965 en Angleterre**
- **Quelques-unes de ses œuvres :**
  - *Harry Potter et la Chambre des secrets* (1998), second tome de la saga
  - *Harry Potter et les Reliques de la mort* (2007), dernier tome de la saga
  - *Une place à prendre* (2012), roman

Joanne Rowling est une romancière britannique. Ancienne professeure de français, elle est l'une des auteures les plus connues au monde grâce à sa célèbre série de livres relatant les aventures de *Harry Potter*.

Désormais à la tête d'une immense fortune, elle est active dans le domaine humanitaire, et notamment dans la défense des enfants maltraités. Elle a écrit quelques autres livres liés à l'univers de *Harry Potter*, dont les profits ont été reversés à des œuvres caritatives. Hormis les ouvrages liés à sa série phare, elle est l'auteure, entre autres, d'*Une place à prendre*, roman publié en 2012.

HARRY POTTER ET LA COUPE DE FEU

QUE LE MEILLEUR SORCIER GAGNE...

- **Genre :** roman de fantasy
- **Édition de référence :** Harry Potter et la Coupe de feu, traduit par Jean-François Ménard, Gallimard Jeunesse, coll. « Folio Junior », 2003, 651 p.
- **1re édition :** 2000
- **Thématiques :** complot, amitié, compétition, duel, sorcellerie

Harry Potter et la Coupe de feu a été publié pour la première fois en version originale en Grande-Bretagne en 2000. Il s'agit du quatrième tome de la série.

Dans ce volet, Harry Potter est âgé de 14 ans et entre en quatrième année au collège de Poudlard. Cette année, le tournoi des Trois Sorciers, visant à élire le meilleur sorcier, se déroulera dans son école. Un champion par école, âgé de plus de 17 ans, sera sélectionné et devra affronter différentes épreuves. Le jour du tirage au sort, les noms des participants sont choisis par la Coupe de feu, et Harry Potter, qui n'a pourtant pas l'âge requis, voit son nom mentionné sur la liste. À partir de cet instant commence un parcours initiatique au cours duquel son endurance, son intelligence mais aussi sa générosité et sa force morale seront mises à l'épreuve.

RÉSUMÉ

LA COUPE DU MONDE DE QUIDDITCH

Dans un manoir se cachent Voldemort, Queudvert, qui n'est autre que Peter Pettigrow, et un serpent, Nagini. Voldemort échafaude un plan pour capturer Harry Potter. Au même moment, celui-ci se réveille en sursaut. Sa cicatrice est douloureuse, signe annonciateur de la présence de son ennemi. Il décide alors d'écrire à son parrain, Sirius Black, afin de lui demander conseil.

Plus tard, il est invité par les Weasley à se rendre avec eux à la coupe du monde de Quidditch. Les Weasley arrivent chez Harry grâce à la poudre de cheminette, qui permet de se déplacer à travers les cheminées. Le jeune sorcier apprend que les jumeaux Fred et George, les frères de Ron, veulent ouvrir une boutique de farces et attrapes. Accompagnés d'Hermione, tous se rendent à la coupe du monde de Quidditch, en utilisant un Portoloin, un objet magique permettant de se déplacer d'un endroit à un autre.

Harry découvre le plus grand stade de Quidditch et y fait la connaissance de Barty Croupton et de Ludo Verpey, les principaux organisateurs de la coupe du monde, qui travaillent au ministère de la Magie. Dans la tribune, il rencontre également l'elfe Winky et le joueur bulgare Viktor Krum. Sans le savoir, Harry est épié par le fils de M. Croupton. Ce dernier, qui est sous les ordres de Voldemort, s'est échappé de la prison d'Azkaban.

À l'issue de la coupe du monde, des Mangemorts, d'anciens partisans de Voldemort, passent à l'attaque grâce au fils de M. Croupton. La marque des Ténèbres, attribuée à Voldemort, apparait dans le ciel. Suite à ces évènements, le monde magique est en ébullition.

Dans le train qui ramène les apprentis sorciers au collège, Drago Malefoy, le rival de Harry, se vante d'en savoir plus que les autres sur ce qui se passera cette année à Poudlard.

LE TOURNOI DES TROIS SORCIERS

Lorsque tous les élèves sont rassemblés, Dumbledore, le directeur, annonce que, cette année, le tournoi des Trois Sorciers aura lieu à Poudlard. Mais une nouvelle règle a été établie : seuls les élèves âgés de plus de 17 ans pourront participer. Harry qui n'a que 14 ans ne peut donc pas concourir. Mais c'est sans compter sur Voldemort et son serviteur, Croupton Junior, qui a pris l'apparence du professeur Maugrey afin d'approcher Harry.

Harry, Ron et Hermione font la connaissance du professeur Alastor Maugrey, surnommé Fol'œil, qui donne le cours de défense contre les forces du mal. Celui-ci enseigne à ses élèves les trois sortilèges impardonnables :

- Impero, qui permet de contrôler un être humain ;
- Crucio, qui provoque d'atroces souffrances ;
- Avada Kedavra, qui permet de tuer et auquel une seule personne a survécu, Harry.

Ce faisant, Harry apprend comment ses parents sont morts.

Par ailleurs, Sirius revient près de Poudlard.

Des élèves des écoles de magie de Beauxbâtons et de Durmstrang arrivent à l'école pour le tournoi. Parmi ces derniers se trouve Krum, l'attrapeur bulgare. Trois champions sont alors choisis par la Coupe de feu : Fleur Delacour pour Beauxbâtons, Viktor Krum pour Durmstrang et Cédric Diggory pour Poudlard. Mais, une fois l'élection terminée, la Coupe sélectionne un quatrième nom, celui de Harry Potter !

Celui-ci ne sait pas qui l'a inscrit au tournoi, mais comme la Coupe l'a désigné, il est obligé d'y participer. Tout le monde doute de sa bonne foi, y compris Ron, qui décide de ne plus lui adresser la parole. Lorsque celui-ci comprendra que Harry ne s'est pas inscrit de son propre chef, ils se réconcilieront.

La presse commence à s'intéresser à l'évènement. Rita Skeeter publie dans *La Gazette du sorcier* un article sur Harry dans lequel elle a totalement modifié ses propos. Par la suite, elle s'en prend à Hagrid. Elle affirme qu'il n'est pas un sorcier de pure souche, mais un demi-géant. Hagrid veut alors démissionner, mais Dumbledore le soutient. Pour finir, Rita rédige un article sur Hermione. Quelque temps plus tard, celle-ci découvre le secret de la journaliste : elle est capable de se transformer en scarabée de façon illégale. Hermione la capture.

Hagrid révèle à Harry que la première épreuve du tournoi consistera à affronter le plus dangereux de tous les dragons : le Magyar à pointes. Il devra s'emparer de son œuf d'or, qui contient un indice pour la deuxième épreuve, ce qui rendra l'animal encore plus agressif. Harry parvient tout de même à l'affronter avec brio et finit premier, *ex aequo* avec Krum. Plus tard, Cédric conseille à Harry de prendre un bain avec l'œuf d'or afin de résoudre l'énigme. Il s'exécute, l'œuf s'ouvre et commence à chanter. Le jeune sorcier comprend que la deuxième tâche consistera à récupérer ce qui lui est le plus cher et qui lui a été ravi par les sirènes.

Au cours de la deuxième épreuve, Harry doit sauver Ron, prisonnier des sirènes. Il parvient à respirer sous l'eau grâce à l'elfe Dobby qui lui a donné une potion. Harry essaie également de sauver les autres prisonniers. Le jury le félicite et il finit premier *ex aequo* avec Cédric.

Harry, Ron et Hermionne se rendent à Pré-au-Lard où ils retrouvent Sirius, qui s'est métamorphosé en chien nommé Patmol. Ils apprennent que Croupton a envoyé son fils à Azkaban, la prison des sorciers. Lorsque, plus tard, Harry et Krum tomberont sur lui, il alterne les crises de folie et de panique au sujet de Voldemort et de son fils qui s'est enfui de la prison.

En attendant Dumbledore dans son bureau, Harry découvre la Pensine, un récipient en pierre pouvant contenir les pensées et les souvenirs récoltés.

LE TROPHÉE DES TROIS SORCIERS

Pour la troisième épreuve, les champions doivent retrouver le trophée des Trois Sorciers, caché dans un labyrinthe. Cédric et Harry atteignent la coupe ensemble et décident de l'attraper en même temps. Mais celle-ci est ensorcelée : il s'agit en réalité d'un Portoloin qui emmène les deux garçons dans un cimetière. Ils y retrouvent Queudver qui tue Cédric et utilise le sang d'Harry pour redonner vie à Voldemort.

Une fois ranimé, Voldemort réunit ses anciens partisans, les Mangemorts. Il explique que c'est son serviteur qui a inscrit Harry au tournoi afin de l'attirer dans le cimetière.

Harry et Voldemort se battent en duel. Leurs baguettes magiques étant faites avec une plume du même phénix, un étrange phénomène se produit, et les fantômes des dernières victimes de Voldemort se matérialisent. Grâce à leur aide, le jeune sorcier parvient à s'échapper. Il est déclaré vainqueur du tournoi. Harry décide alors d'offrir ses gains à Fred et George pour qu'ils ouvrent leur magasin de farces et attrapes.

Harry retourne à Poudlard. Alastar Maugrey, qui a une attitude étrange, l'emmène dans son bureau. Dumbledore comprend que c'est lui le responsable : il s'agit en fait du fils de Croupton déguisé. Ce dernier a passé l'année à comploter pour le retour de son maitre, Voldemort. Malheureusement, le ministre de la Magie refuse de croire au retour de ce dernier. Dumbledore réunit alors ses anciens fidèles pour organiser à nouveau la lutte contre Celui-Dont-On-Ne-Doit-Pas-Prononcer-Le-Nom.

ÉTUDE DES PERSONNAGES

HARRY POTTER

Âgé de 14 ans, Harry est en quatrième année à Poudlard. Il pratique avec beaucoup de facilité le Quidditch, qui est « à ses yeux, le plus beau sport du monde » (chapitre II). Pour rappel, ses parents sont morts alors qu'il n'avait qu'un an, assassinés par Voldemort. Ce dernier a également tenté de le tuer, mais il n'a réussi qu'à lui laisser une cicatrice en forme d'éclair sur le front. Harry a passé son enfance chez sa tante et son oncle, Vernon et Pétunia Dursley. Ils n'aiment pas Harry, et lui non plus ne les apprécie guère : « C'était quand ils dormaient que Harry aimait le mieux les Dursley. » (*id.*) Harry aurait aimé vivre chez son parrain, Sirius Black.

Le jeune garçon a hérité des yeux verts de sa mère et porte de petites lunettes rondes. Quand sa cicatrice lui fait mal, c'est un mauvais présage : « La dernière fois que ça s'est produit, c'était parce que Voldemort était à Poudlard. » (*ibid.*)

Ron Weasley et Hermione Granger, ses meilleurs amis, sont comme une famille pour lui. Il tient beaucoup à eux et serait incapable de les sacrifier. Si Harry et Hermione se comprennent facilement, bien qu'Harry pense qu'Hermione passe trop de temps à travailler et est trop sérieuse, la relation du jeune sorcier avec Ron est plus compliquée. Les deux garçons proviennent de milieux complètement différents et ont des personnalités divergentes : Harry est animé d'un caractère de leader et possède des facultés au Quidditch que Ron n'a pas ; Ron peut, quant à lui, compter sur une grande famille, aimante qui plus est, ce qui fait cruellement défaut à Harry. Lorsque Ron ne lui adresse plus la parole, Harry est déçu car c'est « l'une des rares personnes à qui il pens[e] pouvoir dire la vérité en étant sûr d'être cru » (chapitre XVII). Sa déception va grandissant jusqu'à la première tâche du tournoi, au cours de laquelle Ron s'aperçoit que Harry n'a pu s'inscrire seul au tournoi, ce dernier pouvant être dangereux.

Dans cet opus, Harry a pour but de remporter le tournoi des Trois Sorciers. Il fait preuve d'un courage hors du commun et d'un sens aigu de l'altruisme. Il se révèle capable de résister aux plus grands sortilèges et dévoile une force de caractère incroyable. Quand Voldemort s'approche de lui pour le tuer, Harry décide qu'« il ne mourr[a] pas à genoux devant Voldemort [...]. Il mourr[a] debout, comme son père, et il mourr[a] en essayant de se défendre » (chapitre XXXIV). Lors de cet ultime combat, Harry voit renaitre Voldemort grâce à son sang : il sait dorénavant qu'il a une part de Voldemort en lui.

RONALD WEASLEY

Ronald Weasley est le meilleur ami de Harry et de Hermione. Il a « un long nez, un visage constellé de tâches de rousseurs » (chapitre II). Il souffre de la pauvreté de ses parents (« J'ai horreur d'être pauvre », chapitre XXII) et ne supporte pas les remarques incessantes de Drago sur le manque d'argent de sa famille.

Lorsque le nom de son ami est tiré au sort, Ron ne croit pas en l'innocence de Harry et le soupçonne d'avoir triché. La réconciliation a lieu quand il s'aperçoit que le tournoi est dangereux et que son ami n'a pas pu prendre de tels risques. Lors de la deuxième tâche, on apprend que Ron est la personne la plus importante pour lui. C'est en effet lui qui, à l'occasion de la seconde épreuve, est endormi grâce à la magie et attaché au fond du lac afin que Harry le secoure. Une fois sorti hors de l'eau, Ron est heureux de partager la vedette avec lui.

Ron est quelqu'un de très aimable, mais qui peut avoir un mauvais caractère. Cela se manifeste dans la relation qu'il entretient avec Hermione. Lors du bal, il l'invite au dernier moment mais, vexée et blessée qu'il l'invite seulement pour ne pas aller seul à la soirée, elle décline son invitation. Ensuite, en apercevant la jeune fille aux bras de Viktor Krum, il déborde de jalousie et va jusqu'à accuser son amie de « fraterniser avec l'ennemi » (chapitre XXIII).

HERMIONE GRANGER

Hermione Granger est la meilleure amie de Harry et de Ron. Elle est décrite comme ayant des cheveux bruns et broussailleux, des yeux marron et de grandes dents. Elle attire l'attention du joueur de Quidditch, Viktor Krum. Lors du bal du tournoi des Trois Sorciers, elle apparait très belle :

> « Ses cheveux d'habitude touffus et emmêlés étaient lisses, soyeux et élégamment relevés sur la nuque. Elle portait une robe vaporeuse d'un bleu pervenche et son maintien était différent peut-être était-ce dû à l'absence de la vingtaine de livres qu'elle portait d'ordinaire sur le dos. » (chapitre XXIII)

C'est une fille très intelligente, courageuse, studieuse et déterminée. Elle peut parfois avoir l'air pédante, comme dans le Poudlard Express quand elle se moque du sort de Ron qui n'arrive pas à rendre Croûtard jaune comme prévu, en précisant qu'elle a réussi tous les sorts essayés jusque-là.

Elle est loyale et fidèle envers ses amis, et croit immédiatement en l'innocence de Harry. Hermione veut la justice pour tout le monde et montre de grandes qualités humaines. Elle développe une conscience politique aigüe et tente de changer la société. Ainsi, elle va jusqu'à créer une association pour défendre les elfes de maison, la SALE.

Dans cet opus, on peut considérer que Hermione quitte son rôle de personnage secondaire pour devenir le pendant féminin de Harry. C'est d'ailleurs elle qui aide le jeune garçon à résoudre la première tâche et c'est grâce à sa curiosité intellectuelle qu'il connait les sorts qui l'aident à survivre.

FLEUR DELACOUR

Fleur Delacour est l'une des élèves de Beauxbâtons. Elle est choisie par la Coupe de feu comme championne de son école. D'apparence plutôt froide et hautaine, son visage change dans les minutes qui précèdent la première tâche : « Le front moite, elle avait perdu son air rassuré et paraissait plutôt pâle. » (chapitre XX) Au moment d'entrer dans l'arène, elle « tremblait [même] de la tête aux pieds » (*id.*). « En la voyant dans cet état, Harry ressent plus de sympathie pour elle. » (*id.*) Cette sympathie devient réciproque et se manifeste lorsque Harry sauve la petite sœur de Fleur, Gabrielle, lors de la deuxième épreuve. Elle est aussi en partie vélane ce qui la rend très attirante : « Elle s'était enfin décidée à retirer son cache-nez, libérant une cascade de cheveux blonds argenté qui lui tombaient presque jusqu'à la taille. Elle avait de grands yeux d'un bleu foncé et des dents très blanches, parfaitement régulières. » (chapitre XVI) Elle échoue lors de la deuxième tâche.

CÉDRIC DIGGORY

Cédric Diggory appartient à la maison Poufsouffle. Il est capitaine et attrapeur de l'équipe de Quidditch, mais aussi préfet. Il a également le profil d'un champion : « Il fallait reconnaître que Cédric avait beaucoup plus l'allure d'un champion. Avec son nez droit, ses cheveux bruns et ses yeux gris, les filles le trouvaient exceptionnellement séduisant. » (chapitre XVIII) Au début du tournoi, il remporte le plus de soutien car il est considéré comme « le vrai champion de Poudlard » (*id.*), contrairement à Harry dont l'élection semble douteuse et suspecte. À l'instar des trois autres champions, il début le tournoi plein d'appréhension, son « teint légèrement verdâtre » (chapitre XX). Loyal et juste, il donne à son tour un indice à Harry ce qui l'aide à découvrir l'énigme renfermée dans l'œuf. Harry et lui atteignent le trophée des Trois Sorciers en même temps et décident de le saisir ensemble. Il mourra d'un sort lancé par Queudver.

VIKTOR KRUM

Viktor Krum fait partie de la délégation de Durmstrang et représente son école lors du tournoi. Peu de temps avant de débuter la première épreuve, Harry remarque que

« Krum semblait plus renfrogné que jamais, ce qui devait être sa façon d'exprimer son appréhension » (chapitre XX). Il est considéré comme « l'un des meilleurs attrapeurs du monde » (chapitre XVI), selon les dires de Ron, fan absolu du joueur bulgare. Alors qu'il est décrit comme un virtuose d'une rare élégance sur un balai, il a une « démarche gauche, les épaules voutées, les pieds en canard » (chapitre XVIII) lorsqu'il se déplace sur terre. Il dégage pourtant une grande force physique et séduit beaucoup de filles. Il choisit d'inviter au bal Hermione qui pourtant ne le trouve pas du tout à son gout.

VOLDEMORT

Voldemort est né d'une mère sorcière et d'un père moldu. Lorsque ce dernier a appris que sa femme était une sorcière, il l'a rejetée alors qu'elle était enceinte. Sa première quête a donc été de tuer son père : « Je me suis vengé de lui, de cet idiot qui m'avait donné son nom. » (chapitreXXXIII) Il a ensuite voulu changer son nom et s'est fait appeler Voldemort. Craint par tous les sorciers, il a été surnommé Vous-Savez-Qui ou Celui-Dont-On-Ne-Doit-Pas-Prononcer-Le-Nom. Son principal ennemi est Harry Potter. Sa quête absolue est celle de l'immortalité.

Lors du duel avec Harry, il apparait sous les traits d'une forme monstrueuse et serpentine. C'est par une formule magique et grâce au sang du jeune garçon que Voldemort renait. Harry a donc, malgré lui, ressuscité Voldemort.

CLÉS DE LECTURE

SCHÉMA ACTANCIEL

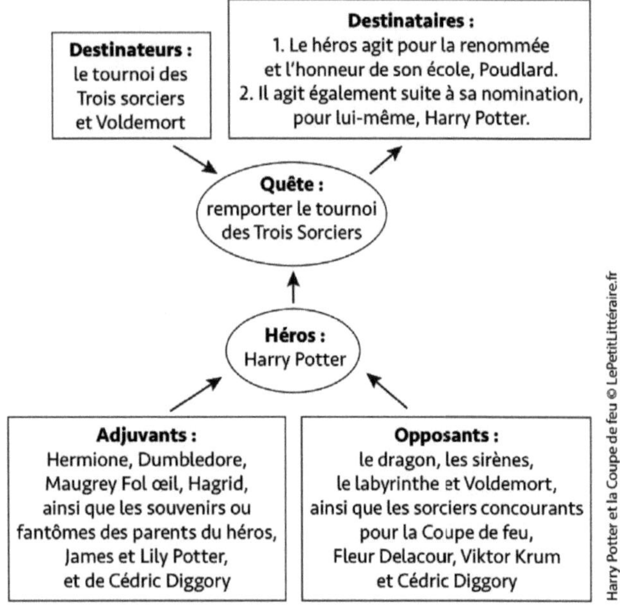

SCHÉMA NARRATIF

Situation initiale : comme son nom l'indique, elle constitue le début de l'histoire. Elle introduit le ou les personnages principaux et donne les éléments de base de l'histoire. Elle correspond également à une phase stable : elle dépeint une situation qui contient une certaine routine.

- À la fin des vacances, le jeune sorcier rentre à Poudlard, son école de sorcellerie, en quatrième année. Il apprend que le tournoi des Trois Sorciers se déroulera dans son collège.

Élément perturbateur : c'est ce qui vient rompre la routine de l'étape précédente. C'est le véritable déclencheur de l'histoire, sans lequel rien n'arriverait.

- Harry, qui n'a pourtant pas l'âge requis pour participer au tournoi des Trois Sorciers, est sélectionné.

Péripéties : ce sont les différents évènements qui surviennent durant l'histoire. Ils découlent tous de l'élément perturbateur et entrainent la ou les actions entreprises par le héros pour résoudre le problème.

- Harry affronte un dragon (le Magyar à pointes) et lui dérobe son œuf d'or ; il résout le secret de l'œuf et découvre ainsi qu'il devra récupérer une chose à laquelle il tient beaucoup ; Harry secourt Ron dans le lac aux sirènes ; il entre dans un labyrinthe afin de s'emparer de la coupe, et une araignée géante tente de le tuer ; il saisit la coupe, qui est en réalité un portoloin, et arrive dans un cimetière ; il y combat Voldemort.

Dénouement : c'est ce qui met un terme aux péripéties avant une nouvelle phase de stabilisation de l'histoire.

- Les fantômes des parents de Harry et celui de Cédric aident l'apprenti sorcier à s'enfuir du cimetière.

Situation finale : il s'agit du résultat, de la fin de l'histoire. Il n'y a plus de nouvelle péripétie. L'histoire redevient stable. Parfois, cette phase peut s'avérer très courte dans un livre ; l'auteur ne s'étend généralement pas sur celle-ci car, justement, il n'y a pas grand-chose à en dire, et le lecteur peut aisément se l'imaginer.

- Harry retourne, grâce au portoloin, à Poudlard, où il raconte sa mésaventure. L'année scolaire touche à sa fin ; les vacances vont bientôt commencer, ce qui marque un retour à la situation initiale.

LE GENRE DE LA FANTASY

Harry Potter et la Coupe de feu appartient au genre de la fantasy.

Ce genre littéraire est relativement neuf : les premières œuvres que l'on range dans cette catégorie datent de la fin du XIXe siècle. De ce fait, la fantasy est encore mal définie. Elle est en outre assez variée et contient de nombreux sous-genres. Un des romans phares de la fantasy est *Le Seigneur des Anneaux* (1892-1973).

La fantasy se caractérise par :

- **un univers fondamentalement différent du monde réel**, parfois en lien avec celui-ci. Ainsi, dans *Harry Potter et la Coupe de feu*, Harry est désigné par une coupe magique pour participer à un tournoi au cours duquel il devra affronter, notamment, un dragon. Le monde de la sorcellerie a ses règles propres, différentes de celles du monde réel ;

- **la présence d'une forme de magie**. Les personnages, tous ou seulement certains, sont dotés de pouvoirs, sinon magiques, du moins spéciaux, comme c'est le cas dans *Harry Potter et la Coupe de feu*, où la majorité des personnages sont des sorciers ;
- **la coexistence de différentes races** (elfes, orques, nains, etc.) **et/ou de créatures mythologiques** (dragons, chimères, centaures, etc.). Dans ce quatrième opus, comme dans les trois précédents, on croise des sorciers, des humains, des dragons, etc. ;
- **la référence régulière à un socle mythologique important**. La fantasy puise dans la mythologie gréco-romaine, germanique, nordique et orientale, mais aussi dans la tradition populaire, voire folklorique. Dans ce quatrième volet des aventures du jeune sorcier, Rowling emprunte à la mythologie la figure des sirènes.

La fantasy ressemble par certains aspects à d'autres genres littéraires. Pourtant, elle s'en différencie par l'absence de certaines caractéristiques :

- la fantasy se démarque du conte de fées par une absence de structure systématique et de tradition orale. De plus, elle ne comprend pas forcément de morale ; ce n'est en tous cas pas son objectif premier, au contraire du conte de fées ;
- la fantasy se différencie également du fantastique par le fait que les éléments surnaturels qui apparaissent dans le récit ne suscitent aucune hésitation de la part des différents protagonistes et du lecteur quant à leur existence.

En conclusion, on peut dire que la fantasy est dotée de caractéristiques propres, mais qu'elle se situe à l'intersection entre le fantastique et le merveilleux.

DES INSPIRATIONS MULTIPLES

Pour créer la saga *Harry Potter*, J. K. Rowling a puisé dans plusieurs sources d'inspiration :

- **le conte traditionnel**. On retrouve, dans de nombreux contes, un héros ayant perdu ses parents durant son enfance. Il se retrouve ainsi seul dans un monde qui semble hostile : il est souvent utilisé voire exploité par ceux avec qui il partage son existence. Harry Potter pourrait ainsi être vu comme un alter ego masculin de Cendrillon : tous deux orphelins, la jeune femme est malmenée par sa belle-mère qui lui confie toutes les corvées de la maison et la fait coucher dans le grenier ; Harry, de son côté, est également chargé de plusieurs besognes et vit dans le placard sous l'escalier. En outre, les contes proposent souvent une morale manichéenne. On retrouve précisément cet aspect-là dans Harry Potter, mais J. K. Rowling offre toutefois à certains de ses personnages un portrait plus nuancé (Dumbledore, Rogue, etc.). Enfin, le schéma des aventures d'Harry Potter (décrit précédemment) est semblable à celui qui caractérise les contes ;
- **la mythologie**. La saga est remplie de monstres et animaux fabuleux issus de diverses mythologies. *Harry Potter et la Coupe de feu* renferme de nombreuses allusions à la mythologie gréco-romaine. Les sirènes sont des créatures qui attirent les hommes par leur chant.

Irrésistibles, elles les rendent sourds au danger afin de les pousser à venir les rejoindre dans les mers et océans. Elles se transforment cependant en monstre une fois que les malheureux approchent. Le labyrinthe qui se transforme et qui a une incidence sur les comportements des personnages fait penser à celui qui enfermait le Minotaure en Crète. Ce labyrinthe rendait les choses confuses et embrouillées par le dédale de ses allées. La mythologie celtique est également évoquées par le biais des dragons, notamment, mais peut-être aussi dans l'importance accordée à Hermione dans ce tome qui pourrait être comparée à une druidesse. C'est en effet elle qui permet à Harry de perfectionner un sortilège important (« accio ») pour la première tâche. Elle est en outre particulièrement douée en potion ;

- **le cycle arthurien**. Le tournoi des trois sorciers s'apparente à la quête du Graal. On pourrait ainsi comparer Harry à Galahad : tous deux mettent la main sur le Graal, objet de toutes les convoitises. Les épreuves par lesquelles il est nécessaire de passer pour obtenir la Coupe de feu ressemblent au parcours semés d'embuches pour atteindre le Graal. Les héros doivent faire preuve de diverses qualités : de la bravoure lors d'un combat à la perspicacité avec les énigmes, en passant par l'imprudence face au danger, l'habilité et la ruse, autant de qualités qui animent Harry Potter tout au long de son parcours.

Ces sources et genres font appel à la conscience collective littéraire : l'écriture et l'histoire semblent ainsi familière, ce qui facilite la lecture.

DES THÉMATIQUES ACTUELLES

Derrière la magie que l'on retrouve à toutes les pages du roman, celui-ci n'en évoque pas moins des thématiques très actuelles :

- **La défense du travail, de l'éducation et de la culture**. En plaçant l'action au sein d'une école, J. K. Rowling met en avant des valeurs telles que le travail, l'éducation et la culture. Un certain conservatisme pourrait cependant être reproché dans la présentation du collège divisé en maisons dont les qualités des étudiants correspondent aux divisions de la société médiévale. Les Gryffondors sont les champions du courage et du mérite, à l'instar des chevaliers médiévaux, les bellatores ; les Serpentards rassemblent l'élite par le sang, ce qui les rapproche des aristocrates ; les Poufsouffles sont, quant à eux, décrits comme des travailleurs acharnés, patients et dévoués, à l'image des laboratores médiévaux qui travaillaient docilement dans les champs ; enfin, les Serdaigles possèdent une intelligence très développées, ce qui les rapproche des oratores qui sont des érudits curieux de connaitre tout ;
- **l'antisexisme voire le féminisme**. Au fil des tomes, les personnages féminins prennent de plus en plus d'importance et montrent de nombreuses qualités dont sont moins pourvus les garçons ou qu'ils développent plus tardivement. Hermione, par exemple, gagne en maturité, en intelligence, en diplomatie et en efficacité au fil des tomes. Elle se montre également tolérante et souhaite s'enrichir au contact des autres ;

- **la défense des opprimés**. À travers le personnage de Hermione est également évoqué le combat pour la défense des droits des opprimés. Celle-ci dénonce en effet les conditions d'esclavagisme et les mauvais traitements subis par les elfes de maison ;
- **l'antiracisme.** On peut discerner dans la saga la montée des extrémismes et du racisme dans le chef des sorciers de sang pur face aux moldus et aux sorciers de sang mêlé. La résistance s'organise toutefois face à cette oppression : la force des convictions et le courage de les défendre sont mis en avant.

Ces quelques aspects montrent le versant actuel et engagé de l'auteur et des personnages.

UN VOCABULAIRE IMAGÉ

La création d'un monde voisin du nôtre dans lequel la magie existe a amené l'auteure à concevoir un vocabulaire particulier. L'invention de nouveaux mots était nécessaire puisque J. K. Rowling devait rendre compte de concepts inexistants : ingrédients magiques entrant dans la composition des recettes, objets imaginaires, etc. Pour se faire, elle a inventé un vocabulaire imagé contenant de nombreux jeux de mots ou des anagrammes (figure de style qui consiste à mélanger les lettres au sein d'un mot) afin que, à la simple lecture du nouveau terme, le lecteur puisse en deviner la signification, l'utilité, etc. Nous pouvons ainsi citer la « beuglante » qui est un courrier magique transmettant des messages de colère, l'« oubliator » qui permet d'effacer la mémoire, etc.

Il en va de même pour de nombreux noms de personnages

qui fournissent des indices sur le caractère et la personnalité de celui qui le porte, comme par exemple Severus Rogue ou Drago Malefoy.

Pour toutes ces raisons, le choix du traducteur était crucial afin de ne pas perdre la richesse de l'écriture de J. K. Rowling. Jean-François Ménard (écrivain français et traducteur spécialisé dans les romans pour la jeunesse) a ainsi eu la lourde tâche de trouver des équivalents français aux nombreux termes imaginaires anglais.

UN SUCCÈS PLANÉTAIRE

Aujourd'hui, le succès remporté par la saga *Harry Potter* est indéniable, mais il n'a pas toujours été au rendez-vous. En effet, J. K. Rowling a dû essuyer de nombreux refus de la part d'éditeurs qui ne trouvaient aucune qualité à son texte. Persévérant tout de même, elle a fini par trouver, en 1997, une maison d'édition qui a accepté de publier son texte à un faible tirage grâce, semble-t-il, à la jeune fille de l'éditeur qui avait apprécié l'histoire. Grâce au bouche-à-oreille, le roman devient très rapidement un succès et remporte quelques prix. Il est alors traduit en français par les éditions Gallimard qui y voient un futur bestseller.

Aujourd'hui, il s'agit d'un des plus grands succès en librairie puisque la saga s'est vendue à plusieurs centaines de millions d'exemplaires. Les raisons qui expliquent cet engouement sont multiples :

- il s'agit d'un roman d'apprentissage. Le jeune garçon et ses amis grandissent, évoluent et apprennent à maitriser la magie au fil des tomes. De la même façon, les premiers lecteurs, qui découvraient souvent la série alors qu'ils avaient le même âge que les protagonistes, ont vieilli en même temps qu'eux, ce qui a certainement joué dans le phénomène d'identification qui est intervenu dans le succès de la saga ;

- les thématiques mises à l'honneur dans les romans sont très attractives. La magie permet à la fois de faire rêver et de mettre les protagonistes dans des situations exceptionnelles. De plus, les thèmes abordés sont en lien étroit avec la vie et les préoccupations des jeunes lecteurs ;

- les films ont bien évidemment participé à ce succès et ont permis de voir les différents personnages et d'offrir aux lecteurs une vision du monde magique. Une véritable communauté s'est alors créée sur Internet et a permis aux fans de se retrouver dans un espace privilégié.

Le phénomène ne s'est pas limité à la jeunesse puisque de nombreux adultes ont également été charmés par les romans.

PISTES DE RÉFLEXION

QUELQUES QUESTIONS POUR APPROFONDIR SA RÉFLEXION...

- La saga *Harry Potter* prône de nombreuses valeurs actuelles. Trouvez des exemples concrets dans le tome IV.
- Pourrait-on qualifier l'univers de *Harry Potter* comme étant manichéen ? Expliquez votre réponse en vous appuyant sur des exemples issus des livres.
- Pourquoi selon vous J. K . Rowling a-t-elle connecté le monde des sorciers à notre univers ?
- À part Hermione, quels autres personnages féminins prennent de l'importance dans ce tome ?
- Rita Skeeter est une journaliste qui couvre le Tournoi pour *La Gazette des sorciers*. À quel type de presse associeriez-vous ses articles ? Expliquez votre réponse.
- Quels sont les personnages qui aident Harry durant le Tournoi ? Quelles sont leurs intentions ?
- Quels sont les ingrédients nécessaires à la fabrication de la potion visant à ramener Voldemort à la vie ? Expliquez pourquoi ceux-ci sont-ils importants ?
- À la fin de ce tome, Dumbledore et Harry mettent le ministre et de la Magie en garde. Contre qui formuent-ils des mises en garde ? Expliquez votre réponse.
- Pourquoi le ministre de la Magie ne veut-il pas croire au retour de Voldemort ?
- Comment expliquez-vous le succès remporté par la saga *Harry Potter* ?

Votre avis nous intéresse !
Laissez un commentaire sur le site de votre librairie en ligne
et partagez vos coups de cœur sur les réseaux sociaux !

POUR ALLER PLUS LOIN

ÉDITION DE RÉFÉRENCE

- Rowling J. K., *Harry Potter et la Coupe de feu*, Paris, Gallimard Jeunesse, coll. « Folio Junior », Paris, 2003.

ÉTUDE DE RÉFÉRENCE

- Colbert D., *Les mondes magiques de Harry Potter*, Ancenis, Pré-aux-clercs, 2007.

ADAPTATION

- *Harry Potter et la Coupe de feu*, film de Mike Newell, avec Daniel Radcliffe dans le rôle de Harry Potter, Rupert Grint dans le rôle de Ron Weasley et Emma Watson dans le rôle de Hermione Granger, Royaume-Uni et États-Unis, 2005.

SUR LEPETITLITTÉRAIRE.FR

- Fiche de lecture sur *Harry Potter à l'école des sorciers* de J. K. Rowling.
- Fiche de lecture sur *Harry Potter et la Chambre des Secrets* de J. K. Rowling.
- Fiche de lecture sur *Harry Potter et le Prisonnier d'Azkaban* de J. K. Rowling.
- Questionnaire de lecture sur *Harry Potter à l'école des sorciers*

Retrouvez notre offre complète sur lePetitLittéraire.fr

- des fiches de lectures
- des commentaires littéraires
- des questionnaires de lecture
- des résumés

ANOUILH
- Antigone

AUSTEN
- Orgueil et Préjugés

BALZAC
- Eugénie Grandet
- Le Père Goriot
- Illusions perdues

BARJAVEL
- La Nuit des temps

BEAUMARCHAIS
- Le Mariage de Figaro

BECKETT
- En attendant Godot

BRETON
- Nadja

CAMUS
- La Peste
- Les Justes
- L'Étranger

CARRÈRE
- Limonov

CÉLINE
- Voyage au bout de la nuit

CERVANTÈS
- Don Quichotte de la Manche

CHATEAUBRIAND
- Mémoires d'outre-tombe

CHODERLOS DE LACLOS
- Les Liaisons dangereuses

CHRÉTIEN DE TROYES
- Yvain ou le Chevalier au lion

CHRISTIE
- Dix Petits Nègres

CLAUDEL
- La Petite Fille de Monsieur Linh
- Le Rapport de Brodeck

COELHO
- L'Alchimiste

CONAN DOYLE
- Le Chien des Baskerville

DAI SIJIE
- Balzac et la Petite Tailleuse chinoise

DE GAULLE
- Mémoires de guerre III. Le Salut. 1944-1946

DE VIGAN
- No et moi

DICKER
- La Vérité sur l'affaire Harry Quebert

DIDEROT
- Supplément au Voyage de Bougainville

DUMAS
• Les Trois
  Mousquetaires

ÉNARD
• Parlez-leur
  de batailles,
  de rois et
  d'éléphants

FERRARI
• Le Sermon sur la
  chute de Rome

FLAUBERT
• Madame Bovary

FRANK
• Journal
  d'Anne Frank

FRED VARGAS
• Pars vite et
  reviens tard

GARY
• La Vie devant soi

GAUDÉ
• La Mort du
  roi Tsongor
• Le Soleil des
  Scorta

GAUTIER
• La Morte
  amoureuse
• Le Capitaine
  Fracasse

GAVALDA
• 35 kilos d'espoir

GIDE
• Les
  Faux-Monnayeurs

GIONO
• Le Grand
  Troupeau
• Le Hussard
  sur le toit

GIRAUDOUX
• La guerre de
  Troie
  n'aura pas lieu

GOLDING
• Sa Majesté des
  Mouches

GRIMBERT
• Un secret

HEMINGWAY
• Le Vieil Homme
  et la Mer

HESSEL
• Indignez-vous !

HOMÈRE
• L'Odyssée

HUGO
• Le Dernier Jour
  d'un condamné
• Les Misérables
• Notre-Dame
  de Paris

HUXLEY
• Le Meilleur
  des mondes

IONESCO
• Rhinocéros
• La Cantatrice
  chauve

JARY
• Ubu roi

JENNI
• L'Art français
  de la guerre

JOFFO
• Un sac de billes

KAFKA
• La Métamorphose

KEROUAC
• Sur la route

KESSEL
• Le Lion

LARSSON
• Millenium I. Les
  hommes qui
  n'aimaient pas
  les femmes

LE CLÉZIO
• Mondo

LEVI
• Si c'est un
  homme

LEVY
• Et si c'était vrai...

MAALOUF
• Léon l'Africain

MALRAUX
- La Condition humaine

MARIVAUX
- La Double Inconstance
- Le Jeu de l'amour et du hasard

MARTINEZ
- Du domaine des murmures

MAUPASSANT
- Boule de suif
- Le Horla
- Une vie

MAURIAC
- Le Nœud de vipères

MAURIAC
- Le Sagouin

MÉRIMÉE
- Tamango
- Colomba

MERLE
- La mort est mon métier

MOLIÈRE
- Le Misanthrope
- L'Avare
- Le Bourgeois gentilhomme

MONTAIGNE
- Essais

MORPURGO
- Le Roi Arthur

MUSSET
- Lorenzaccio

MUSSO
- Que serais-je sans toi ?

NOTHOMB
- Stupeur et Tremblements

ORWELL
- La Ferme des animaux
- 1984

PAGNOL
- La Gloire de mon père

PANCOL
- Les Yeux jaunes des crocodiles

PASCAL
- Pensées

PENNAC
- Au bonheur des ogres

POE
- La Chute de la maison Usher

PROUST
- Du côté de chez Swann

QUENEAU
- Zazie dans le métro

QUIGNARD
- Tous les matins du monde

RABELAIS
- Gargantua

RACINE
- Andromaque
- Britannicus
- Phèdre

ROUSSEAU
- Confessions

ROSTAND
- Cyrano de Bergerac

ROWLING
- Harry Potter à l'école des sorciers

SAINT-EXUPÉRY
- Le Petit Prince
- Vol de nuit

SARTRE
- Huis clos
- La Nausée
- Les Mouches

SCHLINK
- Le Liseur

SCHMITT
- La Part de l'autre
- Oscar et la Dame rose

SEPULVEDA
- Le Vieux qui lisait des romans d'amour

SHAKESPEARE
- Roméo et Juliette

SIMENON
- Le Chien jaune

STEEMAN
- L'Assassin habite au 21

STEINBECK
- Des souris et des hommes

STENDHAL
- Le Rouge et le Noir

STEVENSON
- L'Île au trésor

SÜSKIND
- Le Parfum

TOLSTOÏ
- Anna Karénine

TOURNIER
- Vendredi ou la Vie sauvage

TOUSSAINT
- Fuir

UHLMAN
- L'Ami retrouvé

VERNE
- Le Tour du monde en 80 jours
- Vingt mille lieues sous les mers
- Voyage au centre de la terre

VIAN
- L'Écume des jours

VOLTAIRE
- Candide

WELLS
- La Guerre des mondes

YOURCENAR
- Mémoires d'Hadrien

ZOLA
- Au bonheur des dames
- L'Assommoir
- Germinal

ZWEIG
- Le Joueur d'échecs

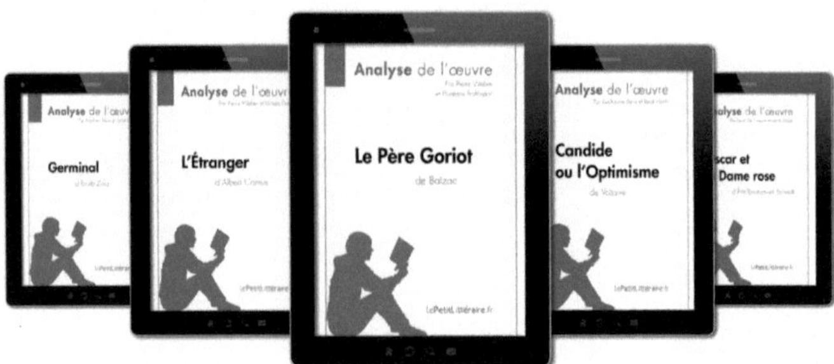

ISBN version numérique : 978-2-8062-9139-4
ISBN version papier : 978-2-8062-9140-0
Dépôt légal : D/2016/12603/878

Avec la collaboration de Florence Balthasar pour l'analyse de Fleur Delacour, de Cédric Diggory et de Viktor Krum, ainsi que pour les chapitres « Des inspirations multiples » et « Des thématiques actuelles ».

Conception numérique : Primento, le partenaire numérique des éditeurs.

Ce titre a été réalisé avec le soutien de la Fédération Wallonie-Bruxelles, Service général des Lettres et du Livre.